望地书

冉冉‖著

WANGDI
SHU

北方联合出版传媒（集团）股份有限公司
春风文艺出版社
·沈阳·

图书在版编目（CIP）数据

望地书 / 冉冉著. —沈阳：春风文艺出版社，
2021.12（2024.8重印）
ISBN 978 - 7 - 5313 - 6134 - 3

Ⅰ. ①望… Ⅱ. ①冉… Ⅲ. ①诗集 — 中国 — 当代
Ⅳ. ①I227

中国版本图书馆CIP数据核字（2021）第264721号

北方联合出版传媒（集团）股份有限公司
春风文艺出版社出版发行
沈阳市和平区十一纬路25号　邮编：110003
永清县晔盛亚胶印有限公司印刷

责任编辑：姚宏越	责任校对：张华伟
封面设计：陈天佑	幅面尺寸：130mm × 203mm
字　　数：70千字	印　　张：4
版　　次：2021年12月第1版	印　　次：2024年8月第2次
书　　号：ISBN 978-7-5313-6134-3	
定　　价：78.00元	

目 录

大 江 去

失去的一切又回来了。

——亚丁《漫游》

第一章　水滴或源流

1

醒来的一瞬，你看见了

融雪和无尽冰川。紫色的

绿绒蒿点亮眼眸，心神

也随之苏醒。这是我们

还不熟悉的肉身，莹洁灵迅，

它开始留驻，不再任随惯性驰驱。

四起的叮咚声，来自水滴，

来自那些，从巨量晶雪下
倒悬的冰钟乳融坠的水滴，
萌萌的尖端，仿若斑头雁的喙。

而你不过是另一粒水滴，
另一只迁徙的归雁——
一生，一次起飞和降落；
一万生，一万次暂住和漫游。
你的前世或许就是一只鸟，
有着黑色颈斑，橘红的嘴。
更前一世，则妖冶柔情。
一生太短促，甚至不够
修补一个缺憾；而下一生，
缺憾又变了花样。是积习
推动我们，或举翅向上，
或飞流直下，而所有飞逝，
最后都归于水滴，
那衍生百川的一念。

2

太安静了，耳朵的窝巢
跑光了鸟。眼前的蓝，
不是真正的湖，而是
一个人的挚爱；眼前的白，
也非冰原，而是妄念泯灭。
岸畔孑立的棕头鸥，
凝望水面，那小巧模样
恰似谦顺的水滴。

此刻的它，是湖水
连同乡愁，星云以及葬礼。
死去无数次，复生总是
多出一次。它曾化身彩虹，
跨越两岸青山，随即
又成为一缕风，拂过
常绿阔叶林。有一生你们
同为凝露，静默又闪烁，
在银铃花上两两相对。

3

至福就在眼前，从移动的
融冰，到织锦般的流水。
天地间弥散的一切，
又再次聚合——棕熊探出洞穴，
浆果重返枝头，绿色峭壁前，
一只雪豹踱过，步姿沉稳，
尽显雍容的王者气度。

岩壁上雪莲花开了，
这神奇花朵，五年蛰伏，
只为两月的生长和花期。
如你盲龟值木，历百世辗转，
方赢获此生。此刻
识神彻底醒来，肉眼已能
甄别鹰的影子和辫状之水。
看，雪鸡驮来的天堂
和百灵唤出的天堂，
一样荣耀一样美。

这是你还不熟悉的世界，

新鲜宁谧。万物仿佛来自太初，

像极了你生生世世奔赴的胜境。

可是你为什么流泪？要知道，

泪水一流，幻象很快就会消逝。

第二章　舟船或津渡

1

一条幽蓝，一条深黄，

合流过宽谷山原湖盆，

再加入赭红，汇成浩荡大江。

一块刻满祷词的嘛呢石，

被激流带出雪域高原，

跳下悬岩，给外面世界带去

一路祈福。每逢险滩旋流，

它就越发兴奋——是的，

还有什么比一往无前

更能让它欢呼雀跃？

江水向东，你惦记那彩石。

把它放进江水，也就放进了

恒久的未知——当船儿漂过

急流，从低矮的船篷下，

你发现了它的光影，不是用眼，

而是用高低跌宕的心。

它对你说：所有绝境都将

造化你，凡携带祝福的，

自身也将获赠祝福。

河岸的风景，得到过多少

你给的幽默小名？轻盈的船儿，

每次在风涛中都有惊无险——

它靠的不单是运气，还有使命，

生命的长旅须由你自己去演绎。

大拐弯！回环往复的高峡，

奔涌哮叫的激流，切断河谷的

堤坝，伤痕累累的岩坡，

即将沉入水底的空村，

众星掠过白云也曾逗留的峰顶，

忽然都有了新名。恰似

勒住嚼口的黑马，以鹰的名义

跃过千山万水——而这，

差不多就是你的一生。

什么鸟儿在红树林鸣啭？

声音急促，细碎纤丽——

是枝头的两只柳莺互问：

"苏醒后，难道就不再迷惑，

时时清明？"它俩对视着，

余光却瞟向旁观的你，

"温泉！"一只柳莺对另一只说。

"不，那只是太阳的影子。

她需要忘掉嗔慢，专心祈请。"

而你察知体内漾起的涟漪，

来自两条分汊的小溪——

它们都鼓励对方试唱，

稍小的刚发出羞赧的"啊——"
对方就紧接着唱出了余下的。

2

永逝的时间，因为你的小船
短暂滞留，搁浅在篷舱与尾流里。
峰峦稳稳地对峙，不再退行。

就在那一刻，疏朗的卷积云
分布在天穹高处，太阳将蝉鸣
洒向水面。众鸟咏唱，鱼儿喋喋，
景色一览无余，可造物之秘
依旧深隐……有持续的妙音，
你左耳吸入的气旋冲出右耳，
音量被发酵且急速扩散。

天地玄黄，岁月折叠于岩层，
源流不竭地穿越亿万斯年。
可见证过这一切的生命啊，
如今去了哪里？无尽的航程，

可曾有水手与你同舟共济？

你确知那山川草木走兽鸣禽，

并非无灵性的存在，而是

以一次次等待，与你一再重逢。

河床落差趋缓，峭岩壁立，

江上水波不兴。风化的木桩，

比邻而居的悬棺似在宣示

藏匿其中的某种对等的神秘。

存放枯骨的棺椁间，或有

金龟子般亮眼的缆车往还

——万千事物自有其隐秘通道，

不论芬芳或苦涩，你从中

得见无边果肉和虚空的核。

亡者是思无邪的，他的心

在不息追寻，他的想循苍苔

浸渗，那是绑定魂灵的锚链

在断裂漂移、悄悄启航……

你耳垂轻红。呢喃声发自

谷坡的薄层片流。峡江夏日，
热风悚然而至，东方苍龙七宿
"或跃在渊"，那只不存在的
异兽切近头顶，正于夜空
呈现某个难解的谶语或预言。
沫破碎，浪鼓涌，岩底下
千孔百窍窃窃私语：铺陈阐发，
应和质证，似是为旧雨新知
重新定位赋形，就像演奏家
适时按下琴键，欢腾的浪花
如乐音环绕你的小船。

3

险滩远去了。清晨，船只
抵达津渡。你抛锚碇泊码头。

这是江上千百渡口中的一个，
已不能再平常———两艘趸船，
用于上下客货的石砌或水泥
长堤，探入江水的绞车缆绳……

这样的小镇，往往呈现出
故乡的某种普遍形貌与神情。

青石街道，穿斗结构的房子，
细木雕花门窗、带天井的老客栈。
沐浴着早阳，临江茶馆里
陆续有人入座，异国红发小伙
成为小酒吧最早的客人。
小店开卖煎饺、米糕、炸酱面、
现磨豆浆，人们一边享用
一边攀谈。有个夜钓的人，
放好电动车跟邻座开聊：
"这事上瘾，一发作就停不下来。"
他调侃自己的癖好，钓到手的
已足够多，但依然忍不住
一次次下河伸出钓竿。
为此他老责怪自己贪心
——夜晚总在矫正白天，
错失总在矫正疑虑和反省。

向悉心编织的老篾匠学习吧，
雪白的竹丝在手心跳荡，
完形为档口一幅幅精致的竹帘，
从三阳开泰到鱼跃龙门……
他织出岁月的经纬和自己的
慈祥隐忍、耳聪目明。
向街边的糖人画师致意吧，
他用心驱遣勺子，在平滑的
大理石上描出扬帆的船，
暗绿的绣眼鸟，奇特的胭脂鱼……
这是他从记忆里打捞出的宝贝，
来自江天水月，季候自然。

向镇口作坊的酿酒人致意，
大铁锅大灶台，大甑子大瓦缸
空气里弥漫酽酽的曲香。
向泥瓦匠剃头师拾荒人致意，
向封火墙头的飞檐苔藓致意，
向花树间的飞虫蜜蜂雀鸟致意，
生命万物都在劳作成长，

相似也是全新的一天已然开始……

千百个津渡小镇，相似相异，
古旧新鲜。你在这儿遇见的
停滞或生长的一切，都是
一个完整胴体上的鳞片。
那些遥远或邻近，集成了
商务购物中心、海量客物流的
高铁港口机场——已进入数字化的
智能城市，所有人类的创造，
无一不是从这里，从一坯坯
砌就老墙的烧制青砖，使水车
旋转的木头轮毂，织出夏布的
旧式织机，从一叶叶船桅上的
风帆，趸船码头间传送的钢缆，
甚至打稻的拌桶，峡谷间的溜索……
从这些原始的工具器械，从这些
低效的重复劳作久远时空开始。

第三章　流逝：水中城

1

黎明将至，天与地浑圆完整。
城市睡在深水，香樟睡在路旁，
莲子睡在莲壳，桂花睡在滑翔里。

丘峦低小，楼宇涌向原野尽头
——这座被两江切割的城市，
轮廓繁复，环围着成百上千的
湖泊湿地沙洲，此刻，从蜃气中
脱身而出，稳坐在两江三岸。

太阳升起来，大江船行如织，
汽笛声盈耳。喧闹的码头轮渡，
隧道江桥，通宵不眠的的士，
晃悠的公交……一列轻轨车
驶过，宛若手风琴展开的风箱。

2

还有人记得，半个世纪前的
大洪水吗？从夏入秋，倾盆暴雨
和连绵阴雨交替，船舶航行在
城市之上，城市沉浸于汪洋之中，
直到堤坝夯牢，雨过天晴，
洪涝完全消退，水位重新落定……

翌年，一个被重新诞生的孩子
塑造了你。一个母亲
生下了另外一个母亲——
她用泪水和拥抱犒劳自己，
她给每件物事以亲切的乳名。
她柔声呼唤，有时以母亲，
有时又以姐姐的口吻，她为孩子
组建了一个大家和族群：
四季是家谱，江岸是故园，
说书人是长辈，所有名词都是
亲戚血缘。作为母亲的女儿，

你开始跟她学习洗濯，

学习负重、忍耐和容纳。

一支小小雪糕，应允了整个

童年的欢乐，你穿过学校街坊，

穿过美幻的红色城市，千万个

年轻的灵魂呈现在你面前，

你啜饮着他们快乐而艰难的爱——

成长从来都是不由分说、冷酷

无情的。一生的时间多么漫长，

既可在花落中细分，亦可在

别离时团圆：父母匆匆留下满头

飞雪，木芙蓉留下稀疏的花影。

3

枫叶的金红，银杏的亮黄，

梧桐的芜杂……是这座水城

入秋的颜色，它的秋季热烈

而短暂。地铁车窗的滤镜，

映现出城市乡野的迷幻真切：

一碧如洗的蓝天，宽敞的通衢，
耸立的高塔商厦，湿地上空
遮天蔽日的鸟群，草树间
播撒的绛紫灰绿红褐橘黄……

时空逆转，音声沉入暗处，
曾经盛满体温、汗味儿的车厢，
如今空荡荡不见几个人影……
那位每天乘车的老人，总是
手拉吊环，站得腰板儿挺直。
他惯用敬语，口气温雅，那微笑
或许源于真诚的自省与感激？

他的手臂偶或与另一只轻触。
那是只年轻的手，袖口紧扣，
长裤垂顺，皮鞋锃亮，浑身
精干又清爽。座位充裕时，
他低下头玩手游，时显羞涩，
像是为过度役使手指害臊。
"医生吧？"某天，老人问。

"嗯。做手术的。"随后补充，
"是眼科。"再后来你得知，
他在某中心医院就职，李姓，
是一个三岁儿子的父亲。

小李后来怎么样了？那个
年轻妻子的丈夫，指头灵透的
眼科医生，不知他是否活着，
也不知他经受了什么样的
劳累崩溃，但你知道这城市
挺过了什么样的痛楚煎熬——
那是X光下毛玻璃状肺叶的惊怖，
是呼吸机和重症监护室的生死时速；
是八万医护离家值守，一夜建成
救命方舱的合力，是针扎穿每个
名字，痛贯穿所有人骨髓的重创。

你两眼酸涩，车上乘客寥寥，
仿佛一直留存着，等待小李医生
和老者填补的空白，还有偶然

乘坐这条线的路人。你打开双手，

似要拥抱那些或将回返或永不

再来的缺席的人，也许他们就是

散落在不同命运不同年龄中的你。

4

不见繁密的人流，

街道学校影院迪吧商超……

全数让位于空旷。

天地一色，水岸一色。

高楼和棚户一色，饭店和剧院一色。

医院和广场一色，惊惶和冷静一色。

苦难和坚忍一色，垂危和拯救一色。

生和死一色。

有船鸣笛，穿透夜气的暗哑，

震颤在黑黢黢的江心，

暗示出航速和探照灯的射程。

耳边恍若又响起老者让人

身心熨帖的声音——"你好!"

"多谢!""对不起。"……

末音出口时,你脚底一晃,

无须说,这是地铁正驶出隧道。

5

最后的黑又大又深,那是

湮没的生命,我们熟悉的墓园。

灵车,载着猝别亲人的

逝者,缓行在长长的堤岸。

一位母亲搂紧自己:"所有梦

都是相反的,梦死……得生。"

滩头放风筝的孩子,牵引着

细长的蛛丝,他在探测梦的时速。

6

流萤与谷穗,是鲜活的墓志铭?

鸟鸣与晨露,是鲜活的墓志铭?

公墓地成排的碑铭——每每让你

忘了自己是谁。你依稀想起车上

拉着吊环的前辈姓洪，洪福的洪，

洪量的洪……洪福

来自洪量。

如今你明白，所有对他者的确认，

其实都是自我确认。

成长，必须学会认领那些

启示和宝藏——脚边的金蔷薇，

生活中的行者，他们显露，分身，

驻临在万物，你是离你

最近的他们，他们是行远的你，

你替他们活着，他们替你赴死。

7

死亡之境，模糊了身内外的界限。

最长的梦来了，最大的故国现临，

身心轻灵，举步就是万水千山。

感官更加锐敏，看，就能迅速地见。

眼瞳里的秋天，集聚了

让你热爱，让你久久不舍的

各种事体。那迎面而来的汽车——
穿过你，
就像鱼穿过水。

鸽子从你掌心起飞，
掠过屋宇、雕像和喷泉，
在广场上往复盘旋。你想
问候闻鸡起舞的人，问候
洒水清洁的车，问候
带升降机的古老钟楼——
你来不是为了道别，而是
代逝者问候。店铺灯盏罩着
专心的吃客，沉实的大碗，
沉实的笑容，正是尘世的感觉。

你悉知着生活的实相，
曾经的珍惜被放大。
阳台奔驰，拖拽室内的声音，
空想留在客厅和高谈间隙，
一个沉湎于空想的家庭，

优雅明亮，一个沉湎于空想的
家族，迂阔而不失纯真。

这是新的视域，你一脚拔出生，
一脚踏入死，你是仅余的存留，
也是更多的失却；再没有
不可穿越的边界，再没有
梦与醒的区分……它独属
生命的圆满尊严。

第四章　奔涌：江与海

1

又是一清一浊。清的是湖，
浊的是江，青碧渗入褐黄。
天高水阔，一艘艘拖轮顶推船，
驱动敞舱半舱甲板驳，拖曳出
长长的草黄色水道。

万物收储的季节，湿地沙洲
和岛屿上，麇集无数候鸟或留鸟，
飞升的它们布满大半个天穹，
如蝶群翩翩翔舞，成团成簇……

从夜到昼，芦苇色泽变浅，
鱼群从黑变白，沉入大江的
一列列青山，全都变成淡紫。

多想回到春天，油菜花铺展出
大片金黄，蜜蜂振动鼓膜，
嘤嘤嗡嗡奏起音乐。空气里
暗燃的花香，惹得千百蜂儿奔忙。
那进出蜂箱的蜜合色飞虫，
也会凸起为内心的小小气泡，
勾出封存的记忆。一闪而逝的
纷繁中，你瞥见了恒定与单纯。

这里就是那里。内心坍缩的一切，
大脑预览的一切，梦境封存的一切，

都在水里。瞧那些屋脊和高塔，
藤蔓和古柏，那直泻绝壁的
百丈巨瀑——剔尽了血中杂质，
以决绝的飞姿轰然跌落，皎洁似雪。

这里就是那里。蛰伏于
每朵浪花的生命都已醒来。
江上波光粼粼，一只濡湿的
绿头鸭注视着你，它刚横跨了
大半个国度，耐心堪比信心。
你的羽翅也开始亢奋——
还有什么比同陌生的自己
比翼而飞更有趣呢？
你回应的目光让它坚信，
你就是它遥远的自己。

这是某一生的最后时刻，
你们瞩望着绽放不息的
雪浪花，收尽了天地的阒寂，
就像时间将澄明的苍穹

慷慨赠予了江面。

2

冬日早晨，时间格外宽裕，
事物不再明媚，内里生机还在。
你从冰浸的激流移开嘴唇，
模糊的自语即刻有了回声。

飞鱼，晓梦，出轨的轻舟，
群山的明镜……万千浪花，
随你怎么称呼。那里有
永恒的寂灭，也有完备的四季。
对它而言，死乃是生的别名，
似冬尽春来，叶落复生。
瞧它们那股闹腾劲儿，
如儿童遇上节日：一朵浪花喜悦，
整条江都欢乐洋溢，自在无羁。

死神的唇灵敏于手，
它触碰什么什么就复活，

吁请什么什么就显形——
水底古森林好不容易屏住了绿，
炭化的枝干叶达成共识：
不花不果。可它深藏的果
还是被你看见。那是曾经的
繁花孕出的唯一果实，
这完美之果被你称为水果。

那硕大的雪花呀，
北方飘来的棉朵，
从秋到冬，它保持了云的轻，
霜露的白。"进来吧，快进来，
盛开即福报——"烦恼未尽，
你只觉得，花朵暖湿的声张，
悄然开放自触觉的源头。

御风而行，浑然不觉间，
江水菘蓝一片。游轮往下，
笛鸣声旷远。顶层咖啡吧里，
你邂逅故人。他神色腼腆，

每每词不达意——从交换的
热泪，到游移的眼光，
错失的表情……有关美德与幸福，
你们认知相近，来路却不一致
——你更多受惠于生活的仁厚，
他则似乎源自对厄运的顺应。

盛大的水域延展至远天，
江中有潜水者露头：
攀缘着入水绳，他摘掉面镜，
抹一把脸，喊话船上伙伴……
而左岸的闸门缓缓开启，
天量湖水欣然归顺，激浪声声，
回答着什么叫悦纳。

3

原野一点也不落寞：
每粒泥土都有自己的日月。
你不嫌自己小，那些更小的
都在周围，且隐姓埋名。

能够看见，有多么美好！

平原上的村庄炊烟缭绕，

湖荡里的柳树水杉越蹿越高，

斜阳给它们一律抹上酡红。

田畴瓦舍和乌篷船打开水乡，

粉色光晕里，小桥长街

都带着微醺，村民们

移居到了云上。幻变的火烧云，

每一朵，都是光照的对象，

光照的意愿；每一朵，

都是光明的实体和后裔。

你也完成了对自己的搬运：

从一粒果核到千亩果园，

从一颗水滴到浩渺大江。

昔日码头洗花鲥，浪涛声里

堆白沙，那雪亮的细沙，

是照彻千万世纪月光的骨骸，

日光的骨骸，雨雪的骨骸，

亦是你经历的所有时刻
所有实相的骨骸。
当你堆垒起一座沙之塔，
那散佚的所有念头，逝去的
所有瞬间，全都有了着落。

江风又吹拂起来，空气里
有鸟雀啁啾。你得意忘形，
见谁都想搭讪，都想赞美。
天地万物都是你的所见和能见。
不是醉而是飘飘然，还有谁，
能不被突现的萤火和星群迷惑？
你在飞，迷迷瞪瞪地飞，
不借助翅膀，而以你能发出的
最温柔最亲昵的音节呼应，
你尝到了嘴角的咸味……那颗心，
那颗在苦难中从未失爱的心，
化作闪闪的热泪千滴。

4

风声潜入停顿，大江潮汐起落，

沙洲滩涂泛着幽暗柔和的光，

果园里尚未采摘的苹果挂在枝头。

这景致让你激动又沉迷——你祈愿

钦羡渴慕的，正——成为现实。

刹那间你看见了她，不在别处，

就在你的自性里，那儿奔涌着

水的洪流水的空无水的惊叹水的

静穆以及，水的清冽与甘甜。

垂下眼帘，依旧能感到

光线变幻，云霓收拢满天鳞片，

星辰飞旋着，向时空发射出

未知的讯息。那些以永恒为家的

逝者，我们从未失散的亲人，

是他们在吁请，他们需要我们

——这是大地献给天空的果实，

是单纯的花鸟鱼虫，是更虔诚的

赞颂。他们在你血液中呼喊，
恰似百江汇聚，海浪轰鸣。

从嗅觉飘散的气味都消失了吗？
这么多世代，它们在哪里隐匿，
又循着怎样的轨迹回向、出入
我们的缤纷气味，集合并分辨了
我们？在你胴体的仓库，有着
邈远河汉与人间剧院的同样腥香，
它出自已经或即将远行的人。

骋目江口，江与海水天无极，
近岸土黄绿褐，远方钢青黛蓝，
含藏了丰富无匹的形色声光，
魂与影交互的不夜天魔幻城
——七彩炫光里每一座蜃楼，
都是隐现的天梯，氤氲游走的
每一对男女，都是幸运抵达的
你和你的恋人……还有南回北迁的
禽鸟生灵，激荡不已的湾流涌浪，

出海口潜滋暗长的陆地岛屿，

真实不虚的航道港口、跨海巨桥……

而这些，都与万里外冰川的融溶，

与雪域高原的涓涓细流关联。

未来之门洞开，每一道都是

一重新境——眼前是水滴，

是孕蓄，是萌发，是花朵绽放，

是不羁的生命，是美与自由的光芒。

此刻有什么划破了你的额？

又有什么灼伤你的手？不是荆冠，

不是漫长度劫的痛楚，而是

时光机里一触即僵的冰蓝火焰……

黄昏拉拢了天光的帐幕，

深海夜气如磐。灿若星河的

是江滨的码头游轮，桥梁立交，

炫酷灯饰勾勒出顶桅入云的

广电观光塔，超级摩天楼群，

如梦似幻的行道绿树岸线……

水雾挟咸湿袭来，微细的盐晶
被呼吸筛滤，舌尖阻留，
那是无从言说的人间况味。
你偶然以意念发出一个叫喊，
无声之声散往四面八方，
喧映那些祈唤过的昌言盛语。
晚风拂面，你无意间触摸到了
体内柔软的脏腑，也触摸到
遥远的水滴、长河与无边大海……

晨　歌

我要清晨拉开窗帘的
记忆之歌。

小男孩走向餐桌，
尚未咀嚼的牙齿雪白，
尚未品尝的舌头粉红。
准备中的早餐，
正在匹配他的纯洁。

猫返回角落，若有来路，
一定是被露水打湿的那条。
阳台顶的蜘蛛停止劳作，
夜来网住的已然漏尽，
接受遗失是它每天的功课。

给脱脂牛奶一声赞美，
轻盈、细腻、甘甜，和睡梦
何其相似，一宿酣睡
酬劳白昼的辗转艰辛。

赞美一声蛋糕菜粥，
它们用另一种形态依恋你，
你的沉默，有它们伴随。

除此而外，我还要赞美
清晨那关得住痛苦的门，
坐得穿寂寞的凳子，
干净得只剩下墨水的笔，
来自灵魂的忏悔和歉意。

有多少只鸟儿

1

有多少只鸟儿，

就有多少盏灯。

缤纷的鸟巢里，

挤满节日生日得道日。

2

别问我鸟儿的体量，

它装得下满城的烟火与哭泣。

3

鸟儿适合在桥下做梦，

水中有颤动的枝条和

倒置的天庭。一只鸟儿

对另一只说：苦。其实是在炫乐。

那只鸟儿，曾经在监狱屋顶上

啄过积雪，它舌尖上有一座天堂。

4

千万别低估夜鸟的快乐，

它鸣叫，是因为亮得撑不住。

若想打探那光源

请像贝多芬一样闭上眼。

5

一只鸟儿，兜住了

另一只鸟儿的火，

它们燎原，若夏日玫瑰。

6

设计师，这里有一座

现成的鸟形建筑，不用装修。

造型师，这里有连绵的

鸟之舞，请随便拍摄。
催眠师也一并来吧，
夜鸟的停顿里，有用不完的
暗示，取不尽的自由。

7

鸟儿将终生的歌唱
献给天空，天空知道。
一颗寂寂无名的小星
将歌唱献给鸟儿，鸟儿也知道，
它是鸟儿的源头和仓库。
相对于更加遥远寂寞的
另一颗星辰，鸟儿
也是它的源头和仓库。

8

鸟儿多给我一双耳朵，
不是用来捕捉露珠，
而是用来盛放词语。
每当我临纸运思，
就会有日月奋驰而出。

为只是骨折而祈祷

上一次想到骨头时，傲气
尚存。那时的脊骨和膝盖，
年轻光滑，柔韧坚实。

如今桡骨开裂，细细的缝隙
分出了两岸。遗忘之物
都伸着钓竿——你会诧异
一粒沙去钓另一粒沙吗？
上钩者欣悦地衔住了钓饵。

为只是骨折而祈祷，
为一直共处却未谋面的桡骨
祈祷，为组合成颅骨、
躯干骨、四肢骨的
二百零六块大小骨头祈祷。

祈请那些长骨短骨

圆骨扁骨所支撑的愿力，

持续滋养绵长的岁月……

猫和花生

那个小东西，它的脚

究竟在哪儿？毛发短得

没法揪一把，颜色倒蛮柔和——

比橘色浅，比正午的阳光暗。

你拍它一掌，它露出肚皮，

撒娇示好，并不害怕；

收起自己的鼻子，连鱼干

也难以诱惑；细小的眼一直

不曾大睁，对尘世已了然于心？

揣度危险和黑暗后，胡须

收回原位，心安理得地休憩。

能叫一声吗，喵，喵。喵！

那粒果实蓬松咋呼，

似乎并没有根。喵喵喵，

是雨声变调，还是雷霆的暗语？
风暴来临总该提前报个信儿，
好在自己早就闭了关。
整全的皮可以抵挡些时辰，
心如如不动，正好接受检验。

眼比手爪好使，眼贪爱的，
需要手爪来落实。喵表示
我要见到的。喵，喵
表示我要见过的。喵喵喵
表示我要尚未遇见的。
天上地下我全要。亲爱的
小东西，如果我喜欢你，
我就不会用手的利爪，
而是眼睛的利爪，请用
你的眯缝眼，接我一招儿。

谁稀罕比这个，真正的
利器无形。你亮出温软的肉垫，
我就想对你啵一口。

喵跟非喵不在一个话语体系。
喵喵喵，懂也罢糊涂也罢，
请躬身前来，接上咱一招儿。
耶，它耸起的脊背多么有力，
那神态凝然不动，就像只老虎。
莫非它是真的虎大哥，
屈居在这逼仄的住宅？

喵喵声像默片翻过，
定力还是不够：壳已空得
只剩下仁，而今又装入了喵。
瞧那尾巴，它优美地拂动，
像和风习习。

小东西小宝贝儿亲爱的，
近前来，再近一点儿。
喵，喵喵，啊，你靠近
我的影子了，你替换了它，
像个归家的喵喵。

陌生人之歌

凌晨三点依然无眠的人，
没有被看见。他也看不见
自己的脸，但许多脸
自动前来，扮演
目不忍睹的表情。

有一会儿，他瞥见
一个陌生人，无瑕的面孔
还不曾留下酸辛。
他不允许自己搭讪他，
他怕泄露难听的话，
夜复一夜，他的唇拦截了
多少怨怒，尽管都是对自己。

他忍不住想捂紧耳朵，

设若对方开口，如何应答？

对他而言任何问候都是讽刺，

稍显慰藉的是交叠的手。

睡前他曾向上天默默祈请，

愿右手获得的巧智，

左手也能分到些许。

窗外星光并非来自夜空，

而是源于勾画城市的灯盏。

从它们重塑的街道，

他听见了发自陌生身体的

自己的足音：他正赶赴超市，

去买洁具和镜子。

戴老花镜的人

我眼光里加入了它的视力

——当我们同时打量一个人，

我看清了她颧骨旁的雀斑，

裙边的蕾丝，没及脚背的秋阳。

她草黄色的阴影里，

还开着几朵胡枝子花呢。

来路模糊了，远景陷入虚构，

目送我的狗狗再也看不清。

替你守护前尘的它会眼花吗？

会不会挑出受辱的日子里，

你们共同珍惜的骨头？

白纸上的字也看不清了，

漫漫长夜，墙壁恍若墓碑，

它赋予的死让你复旧如新。

远处的欢愉没有了界限，
快活的人们混淆不明。
略感欣慰的是你发现了烦恼，
在密友那苍白的前额——
她在为你的烦恼而烦恼。

细节够吗？它总是在提醒我。
太够了，差点儿累坏我的眼。
有时我打滑，险些摔坏了它，
待再次站稳，我已穿过新的困厄。

目送那些背影

尤其是夜晚，穹隆变暗，
路灯隐去了林间小径。
目送那些背影，
我会猜想，在将往之地，
他们说出的会是多么庸常
而又动人的话语。

我会猜想，那个
将满腹憋屈化为
一声问候的人，他的笨拙，
该有多么可笑而又可爱。
同因忠厚，神形格外合一，
真心分享问候的人，
跟他有着怎样的纠葛，
又是什么，使得他们长久相连。

命运犒劳了一个笨人，

他扎根在自己的

东南西北，扎根在

眼下的每一寸光阴，

如街边的行道树，

普通得无法辨认。

因此呀，朋友说：

"我要亲身体验下，

这一不小心就要跌倒的站立。"

那是个聪慧的母亲，

娇小的背影轻盈平稳，

这是她长期服务家人的结果，

也是自律获得的收益。

梦中时光

昨晚，我度过了
无从回忆的梦中时光，
没有痕迹，没有把柄，
这是我返回实然世界后，
需要忘却的第一件事。
还有更多的事会自动忘却，
我回想起穿越过的
沙漠戈壁，难道那只是想象，
而不是精确的对应？
少时的我曾惊讶于
屋前的满树繁花，不知
有几万几千几百几十朵。
今年的某日，我难以入眠，
隔窗听见碾过路面的车轮声，
突然觉得，那枝头的花朵，

不多不少，恰好是我生命里

储存的熟面孔及偶然一次邂逅

再不会相遇的过客，这想法

让我侥幸得到了几夜安眠。

我常常自责，一生中有不少事，

只有开端没有接续，而其中细节

已潜入秘密的河流。

当我起床，品尝清甜的牛乳，

品尝整个夏天的繁茂和牧场的静谧，

举杯的一瞬我该感谢谁？

先向石榴树上的鸟儿致意吧，

它在大清早欢愉地跳跃，

优美的舞步带动了我的双脚。

天 亮 了

天亮了。

橘猫整夜挖洞，

露出一只蝉。

鸣禽重新回到枝头，

巷口的榕树让人疑惑：

那粗长的气根，

究竟输送了什么？

惊魂甫定的又一天，

从噩梦返回的家人开始早餐。

相对于昨晚的分别，

我更愿把这当成

另一生的相聚。

每个人都带着礼物——

我送儿子的，是全世界的轻。

他送父亲的，是掏空悔恨的老宅。

父亲送狗狗的，是一个兑现的承诺。

狗狗送我的，是春日晌午

空中飘着晶莹柔软的骨头。

致 朱 雀

在这个宁静的上午，
窗外汽车稀少，
江水无声。
我突然想起，
我是你的母亲。

突然想起，
我有这么多称谓。
在这座城市里，
至少有一千个人，
面对面呼喊过我。
他们中至少有十个，
长久地让我纪念。

其中有九个令我流泪，

有八个让我失眠，

有七个一直为我引路，

有六个替我迈入歧途，

有五个代我受苦，

有四个始终背着我的罪，

有三个被我误伤。

还有两个。一个是你，

无意被我忽略，

一个是你父亲，

假装被我忽略。

狗狗麦兜

麦兜，你的名字
有熟果的芳香，
小风的轻快。

我们只知道你生于冬天，
却不清楚准确的日子和时辰，
也许是最冷的凛冬子夜，
因为你如此贪恋被窝和笑声。

眯起双眼，你顾盼的神情，
多像我劫波度尽。
我爱你柔软的大耳，
金色的绒毛，爱你粗壮
而又羞怯的小小腿。

尤其爱你粉红圆润的舌头，

当它舔舐伤口和灯光时，

就像我轻轻敲打键盘。

信　心

信心是你历经多世累劫，
仍然相信能够遇见我。

信心是你走过万水千山，
依旧确信能够遇见我。

信那未曾遇见，将会遇见的。
信，就一定能看见。

麦兜，我的耳朵
像春风一样张开，我听见了
你喊桃花雨水的声音，
喊大路小路的声音，
喊家和我的声音。
你的叫喊，如神谕简洁沉静。

天黑下来

天黑下来，
我们三缄其口。

我含着三个字，
你含着宽大的舌头。

你学会了品尝舌头的苦，
那滋味能生成百味。

我爱你，麦兜，
我品尝这句子的色香时，
世界已重新排列。
虽然还不全是
我们喜欢的模样。

当我们蹲下，

像一对守护的石狮，

黎明跃出鸟巢，

霞光从身后打开大门。

我　爱

我爱早醒时的清明，
和下意识的念诵
（其间夹杂着你的鼾声）。

我爱念诵时的安逸，
那阴影重叠我的阴影。
清晰的纹理是我们的由来，
也是归宿（你摇头摆尾，
像否定之否定）。

我爱挣扎中的迷惘，
困苦中的沉默——
短暂一瞬，像去地狱
打了个滚。一双快脚，
加上十条快鞭，

想慢都不行（你的吠叫
增添了往返的活泼）。

我爱每天的精进，
每天的书写。此刻
没发现心仪的句子，
那就继续，或许它
就在附近（笑啥，难道你
嗅到了蛛丝马迹）。

打望

他经常去那家杂货店，
衣兜揣着火柴。

他是一个父亲的儿子，
一个儿子的父亲
抑或老师。他懂得的
高过了男人的平均线，
经历的超逾了寻常的生死。
一路上晕车，晕脸，晕电话，
只有烟让他清醒。
每当他划燃火柴，
太阳就将从西边出来。

有时他会夜以继日
一支接一支地吞云吐雾——

那实在是难熬的日子，
堆放在额头眼角的
全是火柴。瘾君子的沉默
易燃易爆，好在他忍气吞声，
一次次渡过了难关。

有时，燕子从他口中翩然而出，
阳台晾晒的衣物随之翻飞。
你冲着九曲连环的因果高叫，
我则回屋料理一塌糊涂的线团。

余醉未消

诗人和醉汉哀悼过的
一切，如今又翻转过来：
气体酒佯装成黄鹂，
宝石的酒杯缀满枝头。

再喝一杯，亲爱的朋友，
老酒甘冽，不容易上头，
每位朋友都优雅仁厚，
能喝白酒的也能喝
红酒、啤酒、鸡尾酒。
一个醉汉，腿脚迷蒙，
耳朵鼻舌却分外灵敏。
他痴迷于即兴尽兴的创作，
他的自我碎成了花瓣，
一些飘进痛，一些飘进痒，

剩下的全都飘进了骨头。

不要怠慢宿醉者，麦兜，
不要怠慢那些被忽略的诗人，
给他们平等的慰藉和问候吧，
只需要轻柔地叫上两声，
在夜气中扬起友善的大尾。

望 地 书

望天书读得太多了，
麦兜，把目光收回到大地。

你眼前的植物叫鹅掌柴，
叶枝上参着翅的飞虫叫蜻蜓，
因翅膀太薄太透，羞赧的它
替鹅掌柴、杜英和百子莲飞，
替蜗牛、蚱蜢和小蚂蚁飞……
被飞过的草会挂上更多露水，
被飞过的昆虫和小动物
会写出更黑更美的甲骨文。

蜻蜓飞过山谷和溪涧，
它代草儿问候空中的鸟群，
潭里的鱼离得太远了，

浅淡的表情如粼光一闪……
麦兜，头足翅羽皆学问，
肢体内外有乾坤，噢，要不
你再瞅瞅身后的狗尾草，
那是千百只狗狗亮出的旗帜，
傲娇表情归结为一个意思——
亲爱的，谢谢你……

露水要隐身一整天

山脚的蟋蟀要到山腰去，
沉睡的苹果要醒来，
月亮要落到太阳对面，
露水要隐身一整天。

有脚的同时有翅膀，
没翅膀的却飞得更快，
停下的是拳头大的水洼。
请数一数露珠，谁能证明
宇宙中的星辰与其相当？
啊，完美，是合掌的一双手，
连同它祈请得来的一切。

幸福以我们同时看见的
样子呈现。麦兜，如果你

刨出了一堆时间，

请把它当成额外的福报。

多出的呼吸将堆垒出

新的一生，新的苦厄与欢实。

日行一程

我没有的，你有。
你没有的，我有。
这可不是每对伙伴
都这么幸运。

适应我是你的伟大，
改变我也是你的伟大，
我只是细心地发现你。

从什么时候开始，
我变得像你一样安静？
从什么时候开始，我们
日行一程如日拱一卒？

麦兜，我们总是从大路

转向小路，岔路口
你嗅到前世的记号，
我得见时间拐出脚趾。

冥冥中的力量引领我们，
莫测的玄机将我们带向逻辑之外，
不过这也没啥了不起，
只要有咱俩共同踏上这段旅程。

有时你跟我的心猿竞走，
意马却率先奔到崖畔。
沿途我们都在包容错误的风景，
瞧那些蹲在电线上的雀鸟，
它们正竖起羽尾，叽叽喳喳，
调侃爪子下迸溅的飞瀑。

喀拉峻的夜晚

顺着风的方向，一直走，
就会走到天上去。
没有比星子更大的花朵了，
它们清澈地摇曳，与我，
与无量的我相互倒映。

空中草原，一个在天上，
一个在喀拉峻。紫色马，
紫色骑手从冰山走来，
我为迟到的看见而啜泣——
为重新看见她，为刚刚
看见自己。一次短暂的盛开，
懵懂的圆满，要历经
多少迷途才能显现。

我是习惯歌唱的，

在无人之地。歌声没有翅膀，

只有停顿。当我跨过

一个又一个的险境，

在花蕊中下马，别笑我

耳垂似雪，面若子夜。

草原上的水洼

依靠水洼，
她找到了天空和积雪。
天蓝得像恋人间的空白，
积雪坚硬，足以抵挡遗忘。

两只蚂蚁在水边探出了舌头，
仲夏的正午清水还是太凉，
比起尘世的喧哗，
这儿的冷寂真有点儿够呛。

藜芦花的赤脚在黑袍下
歇息，与金莲花和干枝梅比，
它的脚踝更为秀美。
长途跋涉，为袍子文上了暗花，
它看上去像斑马的粉丝，

也像蝴蝶的表妹。

躲在水洼里的芨芨草、勿忘我，

似急切的门缝，按捺不住

的声音轻轻泄露出来，

细若游丝的涟漪，

是忧伤的叹息，

也是愉悦的叹息。

碗大的水洼，

是一匹褐色种马所为。

母羊咩咩地叫着，

不远处，羊羔诞生了。

手心的镜子

左手掌心里，
有一小片镜子，
被右手捂着。

为掠过的鹰难过。

"它映照的
不是死亡，只是鹰。"

"死亡没那么高，那么小。
死是薄薄的摊晒的羊皮。"

"死亡也没那么孤单，
那么黑。死不过是
并拢双膝，好比

两座雪山，相视而眠。"

"死亡也没那么喧嚷，
那么快。就像安静的
藜芦花，走过四季，
还要走过三起三落。"

"死亡也没有那么倨傲，
那么冷。仿佛谦顺的豹子，
它把草地披在身上，
又把雪山煨在小腹。"

两只手，相互摩挲
安慰着，薄冰似的镜片凸起，
像它们曾经焐暖的
乳酪，盐蛋，酸苹果。

月　光

公路那一带，

黑亮的汽车犹如河谷。

她想起几天前，

在空中看到的高原，

雪零星地铺在山头，

背阴处的树木，

像夏日午眠。

帐篷的门敞开着，

乳香还留在发辫上。

马奶酒醉坏了某个女声，

她的唱腔不是月华，

是万花的飞鸣。

哦，芍药，银莲，素装的

红门兰，蓝盆花，

雪水潺潺流过，弯腰
就能瞅见一张脸——
初醒时一般皎洁，
入眠前那样新鲜。

没有谁能阻止
一位诗人在月夜抽丝。
晶莹的丝缕从骨肉飞出，
像高高低低的蒲公英。
是时候了，走错的路
停在终点，说错的话、
做错的事装满了汽车。
低头疾行——她要在
草原中央和自己相会。

停　顿

鸟在她影子上停了片刻，
像一枚唱针转动她的唱片。

大片鸟鸣中，
她听到了寂静。
那是她的高腔和花腔，
独唱与合唱。

被拉弯的咏叹调，
仲夏般肥美的和声，
她还是习惯念白——
用饱经沧桑的嘴唇念，
把空念到虚，把缺念到圆。

经久不息她的停顿，

多么羞愧呀，她曾划伤大地，

就像一枚折断的唱针。

她听到的哭泣

她听到的哭泣
来自窗外，
起初是无声的，
像夜露慢慢滋延。

在风的吹送下，
哭泣声渐渐清晰。
那是整齐的玉米的哭泣，
高粱的哭泣，儿童的
哭泣。轻微的声音，
像熟果坠地，落叶飘逝。

渐次高起来的，
是洞穴的哭泣，
坛子的哭泣。

妇女的哭泣被拳头堵着，

墙壁的哭泣闷声闷气，

屋瓦的哭泣多么轻柔，

——雨，落下来了。

更高亢的是大树的哭泣，

群山的哭泣，激流的哭泣。

闪电匆匆划过，雷声之后

是老虎的哭泣，豹子的哭泣，

男子和少年的哭泣。

最温和的哭泣来自老人，

那絮叨的抑扬如歌的

哭泣，使人又想睡去。

梦的缺口在哪里，

夜的缺口又在哪里？

秋风不倦地吹，

它收走的先是眼睛，

然后是耳朵。

庄严褪去

大地褪去了红色黄色
蓝色绿色和紫色。
看那些森林湖泊草甸，
那些花朵和羽翎，
它们把水分和颜色都给了虹。

大地褪去了声音，
那些流萤狐狸和马全部噤声，
雾罩开合，狗徒劳地吠叫，
人们行走坐卧上演着哑剧。

大地褪去了固态
液态气态的芳香。
土变硬，酒快结冰，
烟和火像一棵树或一蓬草，

而食物的芳香，

乳儿和少女的芳香，

再也闻不到。

大地褪去了自己的味道，

那舌头的辣椒，味蕾的花椒，

牙齿和唾液的蜜糖都慢慢褪去，

只剩下空空的口腔。

大地关闭了眼耳鼻舌，

将吸附在身上的悉数褪去。

它要重新禁锢自己，

潜心孕育内里的光芒。

最小的果子

霜降下来。
最小最白的果子
落在大地上。
这一模一样的
均匀的果实，突然
出现在无人觉察的夜半，
那整齐的缘由，
还没有来得及追问
就遍布了千山万水。

那些树叶、根须以及
飞扬的光线和土壤，
都是虚幻的吗？
那么种子呢，
不计其数的种子

究竟在哪里？

同样的形状，
同样的色泽和冰凉，
这声势浩大的阵容
不是沙的阵容，
星的阵容，梦幻的阵容，
它只是果实的阵容，
带着每一个果实的圆满。

那些飞翔的鸽子渴望回家，
奔跑的兔子渴望回家，
白衣白裤的男女渴望回家，
他们在速度中变圆变小，
家在黑色的穹隆下。

红 叶

群山说出它的红色，

是刚经历一场热恋。

那场热恋耗费了

一个春天一个夏天。

那场恋爱使它

把绿都说尽了，

现在只剩下红。

那不是火，

火是血的颜色。

也不是血，

血是熔岩的颜色。

它只是急促的

舌头的颜色。

它说尽了绿，

此刻正在说红。

以前，它不知晓
有这么多话语，
是说丰富了它的言辞，
是说让它重新看见。
因为多，因为强烈，
它说得太红了，
红得快要忍不住。

有谁经得起
这炽热的述说？
群山将它的一切
都化为倾诉，
它说尽了绿说尽了红，
紧接着还要去说白！

缝 合

赶在天亮之前，
把创口缝好。

针脚多么柔软，
在第一针与第二针之间
藏着剃度的发丝。

在最后一针
与倒数第二针之间，
藏着一片湖水。
那静与美，
要周身的涟漪散尽，
才能看见。

河水又涨上来了

河水又涨上来了，
河里的灯亮了又熄。

照亮一个人的灯，
照亮一家人
外加一个客的灯，
照亮一个又一个车站的灯，
照亮一百个街区的灯，
都落在大河里。
河水涨上来又落下去。

映在河面的耳朵，
那些隔着河水，
贴着河水的耳朵，
都听到了什么？

告诉你吧，

它们听到的，

正是我临终之时，

将要对你说的——

因为你，

这个千疮百孔的世界

我一直爱着。

看见孩子

"从早晨开始，
我看见了九个婴儿。
那些天使，以前
只在画报上见过。"
"一个孩子，他眼里
只有桥，但我们看不见。"
"她鲜润的手指和额头，
你说像浪花还是露水？"
"不要害怕拥抱，
拥抱不会怀孕。
孩子的肩头有块胎记。"
"他眼里只有桥，
没有岸上的风景，
可我更喜欢他的睫毛，
他的小耳垂。"

"孩子是轴心，他两边的

对称场景迷死人。"

"孩子是坛子，

装满了蜜糖和醉。"

"爱和醉都是修辞，孩子

是活物，是奇怪的小东西。"

"你吃下的一切，都在

孩子身上，他是你的粮仓。"

"胎儿有了眉眼，有了心跳，

他是我自己的阴影。"

"孩子让一切动起来，

尤其是爱。"

群山与回想

伟大的事业

建树于人与群山相会之时

这是大街上的拥挤所不能造就

              —— ［英］布莱克

山腰往上，有一栋浅橘色楼房，

那是家人历两个寒暑偕工人建成。

楼左小径穿过森林小溪岩壁，

消失于崇山峻岭。右边车道

经由村舍沟谷寺庙，一直

通往城市。宽大的窗朝山野敞开，

雾从院门进入，又在井口堆积。

图书室的幽灵早就入驻了，

土建一结束，它们就占据了

整个三楼。月光洗净了墙壁窗纱，
轻轻飘动的是每周七个日子。
每一个都宁谧安详、轻松洁净。
家人摇头，笑哂我的自以为是：
平静的时光远未到来，往下
还有漫长且难以度量的岁月……

懒得辩驳，我的双手忙碌不息——
金毛需要轻抚下巴以提高音量，
橘猫因轻微时差，要摸耳
才肯终止迷瞪；稍微省心的
是尚未周全的庖厨，它们开始习惯
以宁静为生米，以虚无为熟饭。

是谁坐进我舒适的老藤椅，
每次回头都是新的发型？她起身，
透亮的手指拨开雾霭，或是抹去
桌面的日色。夕照下茶杯与壶
是同一种颜色，雾天则是另一种。

山居的人，不用看也能见到很多，

不用出行也能遍及千山万壑。

我们自己酿酒，不是为了沉醉，

而是为了将一只只粗糙的空坛盛满。

流经屋后沟渠的涟漪纤细明亮，

春日的发酵酿造出豆子的一生。

在这里，时空总是交错重叠——

瘿瘤蚜蜷曲在樱桃卵形的叶面，

萤火虫拽着米粒大的灯盏，阳光下

舞动的金龟子比小星更明媚……

幸福是什么，是大风止息时

刚出炉的浓酽煲汤？是落日余晖

在莴苣和豆芽的表面闪亮一下，

又回到广袤的昏暗中？柴米伴着油盐，

日子紧随暗井，幸福有时或许

就是泪点降低，疼痛的阈值增加。

暖风抚弄过柔和的阳光，狗尾草

摇摆了一下，又恢复袅娜的站姿。

不知哪来只土狗，很快跟金毛混熟，
它们叼来蕨苔、松果、野草莓。
我蹲下身，一手搂一个毛孩子。
它们面相不同，毛发却一样蓬松。

金毛小名麦兜，来家年岁尚幼，
每天我都同它遛过路口的广场。
"假如你不够聪明，就要足够笨"，
拧一下毛茸茸的耳朵，给一次告诫，
事实上它根本不笨，笨的是我自己——
时常被卡在针眼却不知退却。

在山上，遗忘之物总是被重新认出
——蜜桃的闺房来自苦恋，唯有深爱
才有那般优雅的形状。每个桃子
都是自己的母亲和女儿、自己的
初恋和婚姻。瞧那果实，眨眼
就变身黄鹂，飞姿不断变换，
脆薄的鸣叫宛若落英。

你觉知不少，被疏忽的其实更多，

听到树叶窸窣，却漏掉滴露的呢喃，

看见流云丝白，却忽略芽苞的光斑，

岑寂里，你觉察到自然的律动——

但那些细弱的声波，不像乐音，

倒像是濒于归零的心率，那无常的

荫翳，让你把所有音声都听成了天籁。

那么多过往的声音后来怎么样了？

楼舍与高架桥的共振，失落在

子夜的哀怨，走出又重蹈覆辙的叹悔，

深宫密帷间隐伏的细语，播撒在

山重水复间的口号与诺言，

有的剥蚀风化，有的漶漫不清……

那一簇簇呓语、颠倒的闲话

究竟发自哪里，又打算说给谁听？

一次，我在梦里听见了笛鸣，

睁眼看，湍急的水浪正快速掠过

两侧舷窗，如雪、如凇、如雾，

航程迷茫。不知船上运载着什么，
去过哪里，也不知能否抵达终点；
唯一记取的，是一道白鹤石梁，
滩险流急，船夫们奋力划桨，
拉纤人赤膊弓身，挣扎前行。
有船触礁，有人溺水，有人
昏迷不醒，有人醒来复又昏迷……
我察知波纹下鱼儿弱弱的弹拨——
这些小小精灵，载沉载浮的人体，
是它们欢悦的琴瑟。逝水滔滔，
江天一色，黑白毛羽的鸥鸟，
展翼俯冲向水面，潜入，捕掠，
凌厉如隼，而后瞬时拉高爬升……

在山上，万物如琴，音声盘曲；
青蛇吐芯，蝙蝠夜行，蛇目菊
悄然绽放，柳莺凸起了喉囊，
大杜鹃播放出假意忘却的琴声。

琴声和回应，相互缠绕更替；

琴声和倾听，相互追慕攀缘。

蜂巢此刻是琴身，下一刻便是

温热的大耳，窗外的此刻是

流萤轻舞，下一刻是众蝉齐鸣。

戴菊的琴声微小，画眉的琴声婉约，

绿萝耳郭圆润，百合竹耳色苍翠，

谁也不甘静默，都想把寂寞悉数供认。

新鲜地听，纯粹地听，全然地听，

听过一列青山，听毕一段物语，

听过一缕风声，听见一行汉字。

用心收藏书页里冬眠的种子，

就像蚂蚁发现并运回心仪的粮食。

雨季莅临，雷声隆隆滚过穹顶，

乌云向地表倾射千万支水箭，

溪流冲出沟谷，泥土浸透，稻麦灌浆，

葡萄色素沉着，树叶一天天肥润，

茉莉仙女展开顶生的聚伞花序……

而她在点击手机，回复微信群的问候，

——山下那些苦于溽暑的笼中人。

此时她仍是他们中的一个：
她的嗅觉，沉迷在果粮原香里。
苹果化装成布丁，高粱化装成酒，
她化装成自己的顶头上司。
立麦里同自己的声音相遇，
鱼刺里同自己的食道相遇，
被眼角的皱纹牵累，为渐高的
发际线失眠，她的嘴比眼睛
吃得更多，她吃尽了饿吃尽了胖，
把自己吃成了香喷喷的陌生人。

意绪，停留在下午的茶座间，
心跳因热力加速……谁说无明
是晦暗、昏蒙、迟滞的？其实不。
它轻快恣意明丽，像美艳者悦享
眼耳鼻舌，感官繁奢，脉搏也欢愉。

实在的万有。群山雪线以上的晶莹，

出自高天云彩，低处的溪流湖泊
是清澈的明镜，其间的映像
与红尘对应，恰似我们眼眸的
收纳和储存。蝌蚪里待着各种鸟类，
鸽蛋大的那只锁住的是鹰，
失去苍穹太久了，圆鼓鼓的大眼
替代了翅膀，已经没法够着自己。
耽梦的鱼儿口灿莲花，敞开了
水世界的入口——时空交叠，
每越过一道门槛，你就觉得
向自己靠近了一步。声光迷幻，
沉湎身体的你，倏然察觉无数
环绕的面影——她们不是你的昔日，
也非你的愿景，而是貌似止息的
爱与怕的幽灵。无可救药哇，
你依然沉迷于忧惧欣悦——包括
自己挚爱的样子、哀恸的样子、
疑虑的样子、彷徨的样子……
你摇了摇头，无限缱绻。而此时
身外曙光熹微，水色澄明碧透，

大鱼尾鳍摇动，巨大的水体被剖开，
涛声轰响，无数气泡咕嘟嘟升起……

村野飞回的蜂儿，采撷花粉和蜜，
远地飞还的候鸟，携来海洋的气息。
还有谁，辗转在迢遥的他乡羁旅？
又是谁不辞辛劳，涉千山万水
夤夜而归？因为爱恨情仇，因为
对世界的弃绝眷恋，她放下了
所有屈辱，宽宥了所有能见未见的人。

时空太过促狭，谈何淡定观景？
劫难未已，谁又能真正波澜不兴？
再干一杯吧，曾经亲密和即将
远走的人，此时此地的我们，
有着最成熟的模样——这无形无量的
疼痛成就的肉身，乃是对过往
最珍贵的忆念。我们都是
远道而来的人，请相互多加珍惜。

云开后雨霁，太阳给山间林地
投下光影的栅栏；肚腹金黄的南瓜
即将产下妙有，朝天椒举起鲜红的喙；
松柏浓重的苦涩直入肺腑，空气颤抖，
蝉蜕半明半暗，随风动微鸣……

一个人的愧悔自限，每每需要反手，
才能勉力触摸到，所以有时，
你会选择进入自己的背面，放空、
等待并冥想。你接受了她的存在，
当你有意向一本书致敬，她已低下头，
用谦抑召唤出作者素净的面容——
一方的荒凉干涸，另一方的生机盎然；
一方的杂乱失序，另一方的精纯严整。
你时或手不释卷，焚膏以继晷；
时或又犯困发呆，昼伏夜出。春日种豆
入夏摘果，秋来听风中鸽哨，冷冬里
看松果东一粒西一粒掉落前庭……
静候那含混冗余脱落变异，暗昧错乱
也一点点剥离。从混乱到有序，

从芜杂到清晰，你终于听见内心的
编钟和鸣，以及悠远清明的迷人回声。

谁在用她的腔调说话，语气温和坚定？
谁在用手势驱动手势，聆听驱动聆听？
如今，你已能认准她的发声
和自身的话语，能辨识她的引导
和自己的回应。她看向你，如同你
看向自己，通过她的目光，你倾注了
对自己的经久渴望与最深眷恋。
持续稳定的连接，是中彩般的惊喜
——可你总觉得，还不配领受这
重大报偿，于是赶紧合掌发下大愿。

疲惫的欢愉，不期而至的抵达，
持久的焦灼，恐惧后的余烬。
而今你终于获得了加持与护佑——
有如群山截获繁星，天空揽得无垠。

跟自己重逢是什么样的感觉，

这问题可以让麦兜代为回答。
那天午后，它对空气汪汪一叫，
金闪闪的兄弟就来到了面前。
秋林斑斓，又一茬干净的新雪……
当群山冬眠，毛孩子迷上了天边
白净的大头，于是叼住主人裤腿，
要一家子同赴零下的寒冽，
看它俩追逐、尬叫、撒欢。

此际太阳慢悠悠升起，光焰炫目，
映照着五百年前的群山以及
五百年后的田野。五百年后的麦兜，
已成博学少年，所有的知识智能，
全源于数据，经由植入大脑的芯片，
他可以任意打捞遥远的往昔。

相生相续的链条一直都在，
大地上密织的小路，可以通达
多重时空；潜藏于心的意念之河
永无止息。百年后的某日，

你梦回鲜花盛开的橘黄色居所，
映入眼帘的老墙爬满了青藤，
从庭院、车库到森林绿意蓬勃。
户外景观一如其旧，倒是书房陈设，
底楼的厨具有轻微移动。雾罩
如邻里飘然而至——是的，
山树有记忆，扮演禽鸟花草的
自己正等候你——相认……

门前椋鸟的歌唱，最先进入
你的视听，更多信息经由橘猫
传递给鼹鼠。你将几箱旧书
摊开在三楼的露台，秋阳和煦，
霉气和潮湿如烟消散。翻检书房，
打开灯光与书页，你手抚过
那些血肉绘制的画卷，想象力
攫住的真实，生命创造的世界，
灵智拓出的版图……

说吧，当暮霭扑落到露台，

在群山渐变、天光更替中，说出
你的明朗与暗昧、锐利与凝滞、
坚硬与柔软、犹疑与决绝、
痛楚与热望——你曾经说过的，
不过是为了探入更深的存在，
敞开更本真的实相；我们追寻的
所有的见，都是为了获取
更多未知的见，将全新的见迎迓。

阳光照亮书页，自由编制的
文字阵列，好似毛皮柔软的麋鹿，
眼神无瑕充满生机，让人耳新目明。
还有一些被符咒封印的语言：
修辞繁复，文句奇崛，意旨晦涩
——如休眠小兽、被魔法控制的少女、
伯罗奔尼撒之战中雅典信使的腰带、
库姆兰《死海古卷》、阿根廷盲者
《小径分岔的花园》……那是
人类智力结出的神秘籽实，
破译它，需要直觉、专识、经验

及运气——读懂一粒籽实，跟读懂
一座城市、一个活生生的人，
所需要的准备是一样的。

屋外狗兄弟又唤出了秋天，
橘猫的哀声饱含蜜汁，生命凋零中，
物伤其类时，它们彼此依偎，
满目相濡以沫的柔情。

黛紫的夜，暮色模糊了视野；
群山静待着，远途需要她去丈量，
季候夺眶而出，琴和骑手还隐匿未见。

三千大千世界，爱恨累世历劫，
生死历久弥新。有谁能以祈请
熔补浮世、书写粉碎虚空？
悲欣交集之际，又有谁能保持
最初与最后的纯粹完满，
如这山树环围的新居？

诗与思（代后记）

1

2020 年 2 月，一个特殊的时间节点。我写完了《催眠师》的小说。她（主人公甄妮）死了。我同当时身处封闭中的很多人相似：紧张，焦灼，忧患，疑虑……然而就在那段日子，许多普通人如甄妮一样服侍、奉献和牺牲——这是窒息里的一缕新鲜气流，让人重新看见周遭的希望和美。珍惜。极想说话，不是简单地说出一个赞美，而是有更多更复杂的，有关自己和他人，自然、世界和人类的非说不可的话语。是的，当这场"二战后人类最大的劫难"发生后，一切都变得不同了。

2

生死疲劳，悲欢离合；忏悔和救赎，死亡与新生……有太多的情感意绪蜂拥而至。写作的冲动到来时，太过强烈的情感激荡会使人不能自已——我知道不能任由这样的态势裹挟，必须让自己"冷"下来，尽可能从多个维度去触摸、打量、辨析、观照尚处于混沌中的无形无相、它我无间的"客观对应物"。绰约间，内视里的大江涌流而出，它跟穿过我居住城市的江近似，但又不全然是那一条……所有的一切：生命万物的衍生，自然季候的轮转，人类文明的演进，大到沧海桑田，时代更替，小到婴儿的第一声啼哭，草叶的新绿……都为大江及其流域承纳。

江之源，生命之源。我惊艳于它原初的美，未被惊扰的自性，野蛮的生命力，天堂般的谐和圆满。时令自然是春天。上游粗犷奇险，峡谷溜索与岩壁悬棺，存留了早期人类的文明。故乡样貌，大小津渡，不乏贪嗔痴慢疑的人性。时令入夏。豁然开朗，视域阔大的中游，水天无垠相连。水中城色泽充盈，烟火气满满。生老病死，惩戒救赎。阴湿清峻里隐现爱与希望的生机。时令秋季。下游宏博宽广，骋目无羁，大水汤汤直奔浩瀚海洋，未知的水域。古老与现代文明的极致演绎：良田沃土，港口长桥，县镇都市，湿地滩涂三角洲。金木水火土。时维凛冬。江的物理形态：源头及上中下游不同的地质地貌水文特征。多一点具象具体实在的感知与呈现（而非公共的认知，泛泛的描述，空洞的抒情）。

3

物性铅一样沉重，山一样坚硬。各种亲缘相互衔接叠合，构成贯穿各个时代的洪流，可以从人类历史中预感到无穷无尽、代代更迭的物的历史……预感到缓慢、平静、深刻紧密、坚定不移的发展结构……等待和坚持。世界的真实，人物的悲欢，与天地精灵相往还……（摘自冯至等人论里尔克）

4

漫游者，亲历者，叙述者。《大江去》：首章是漫游者，第二章是亲历者和漫游者的融合，第三章是亲历者，第四章是叙述者漫游者和亲历者的融合。除了以不同语调角度发声构成"多声部"的丰富层次感而外，更重要的是打破主与客，物与我，梦与醒，生与死，此岸与彼岸的界限，以便叙述时出入转换自由无碍。

5

感性部分陌生化是唤醒人们重温经历过的感觉；感性全息陌生化是引领人们经历从未经历过的感觉。感性全息陌生化是诗人怀着原始感受性之纯净心境，不以别人和自己第二次见到的目光打量事物，而是以第一次见到的目光打量自己内在和外在的生活，唯有这样，诗人才有可能进入人与世界及其关系的本真状态，抵达汩汩的生命本源，从而获得比高峰体验更浓重的原初体验。如海德格尔所说："诗是给存在的第一次命名，是给万物的第一次命名。"（摘自戴达奎著《现代诗欣赏与创作》）

6

《大江去》描述"你"从出生到死亡经历的心理情感及外部万物的种种景象，以六根的感觉来结构和推动，从习见的物事中捕获诗意诗境。涉及疫情时她已死去，或者说是新生。到末章生死梦醒虚实的界限消弭，"你"、叙述者和漫游者合为一体，非此非彼，亦此亦彼，物我同一。

7

写作就是一次次新的造句练习。精雕细琢和不雕琢。准确运用动词。重视名词。减少成语和比喻。注意语言的拉伸繁衍即兴应变，注意每一节里声音语词和视觉色彩的起伏疏密浓淡变化。每一节都要"说"起来。保持旺盛的说的激情和元气。

8

意趣不在修辞的华丽高超，而在深厚的人文关怀。纵坐标是对生命和时间的沉思，横坐标延伸于内心，越到老越臻于自由和自如之境。他所鼓动起来的是宽宏大量和勇气……昂扬深情，令人惊叹的高音，浑厚的轰鸣声。（摘自草树《华丽的悲伤——论沃尔科特诗集〈白鹭〉》）

9

你觉察到你与自己的文字彼此塑造共同生长时，它们已变得有血有肉，生趣盎然。它们不是你的孩子，而是你的师友和亲人。

10

那种在文字里更新生命的感觉，要向内发掘多久，穿过多长的隧道才能获得？你总是告诫自己，别抱怨，稳住在厄运中习得的正面习惯。如果你缺乏其他，总算还有忍耐和坚持的美德。

11

写作是沉思与探寻真相的过程。启示时隐时现，辨识出那些草蛇灰线，不仅需要眼力心力还需要意志，趋近真相的同时也趋近了善和美。

12

自以为是就是坚信你的直觉和可能见到的事物——尽管它尚未出现甚至永不出现，笃信并创造它，像变现其他的祈请一样。这份底气在于，诗人毕竟将匪夷所思的许多事物（爱是明证之一）成功召唤到了身边。

13

生命有限，爱和喜悦无限。当我想象到，我跟某颗遥远的星辰的联系，一种热恋般的感觉击中了我。与其说它是本初的记忆来源，不如说，我是某种不可知的力量的衍生。

14

对镜写作的习惯始于何时？你无法看见镜中自己凝思的模样，因为那一刻你的视力专注在文字上，同时也在内心盘桓。美和纯净像磁铁吸引着它——它们滋生、修改、涵容一切。

15

写作中文字的表意至关重要。诗意是什么？是用文字运思时呈现的真知与力量，爱和喜悦。

16

从害怕触碰到勇敢面对痛苦，你花费了整整十年。十年间，你重新认识了能指和所指，自己和周遭。

17

重读自己的诗，如同对镜自照。有时你感到扭捏害臊：不是因为灵魂的裸裎或爱情的泄露，而是因为述说的傻气和粗陋。急切和幼稚的我们曾说过多少"二气的话"？但也许，正是那些笨拙和简单保全了一个诗人的天真。

18

文字的能量，会使你投注的知见或偏颇加倍传输，所以要警惕我们的舌头。

19

从某种意义上讲，进入并沉浸于写作状态的诗人，跟置身催眠的人有几分相似——譬如其间的专注与放松，自由与喜乐。就是接近催眠中的功态，同样也会改变塑造我们的心灵与精神。作为完成状态的诗歌，是写作者经验（或超验）的析出，是考验存留和反复回放的幻境，是化妆的白日梦，是我们祈愿的尚未看见的看见，抑或是，我们暂时无法实现的祈愿之愿的替代。

20

在忍苦中，我学习祈请，学习谦卑谦顺，包括学习微笑——发自内心的（这一点特别难）。

21

回忆是迷人的。我喜欢追忆的口吻。在追忆里，物迅捷地找到对应，真切而自然，被细节连带的一切接踵而至，被五官吸附的音声形色川流不息。你甚至不用特别地寻找，只管捡拾那自动到来的一切。

22

像口语一样素朴有力，毫无粉饰，直击人心。

23

我要坦白从诗歌中获得的利益和力量——阅读写作重塑了我的生命和生活，在此过程中，我得以反刍、观想体察身心的景象际遇。通过看和见，我得以遭遇包括自己在内的她和他们——尤其是她，她的自省自律，隐忍担当，柔韧旷达，幽默笃定，让我对自性的显现葆有信心。她根于他们，深藏于达人身内，这是困苦时代我们自净的勇气和爱的希望。

24

圣伯夫认为，"诗歌必然呈现诗人形象"，这应该是指精神肖像，因为诗是一个人独特的心灵景观。

25

对小场景、小事物的敏感和呈现，依旧需要视野与慧眼，以及对语词的精严选择和安放。再小的事物都有可以细分的抽屉。

26

晨光初临，鸟儿将万籁凝结为一大段高音和低音。它清澈的气度与识见，完美的结构和细节，值得我们效仿。

27

扎根于自己的东南西北。在最不起眼或隔膜疏离的事物那里找回你的亲缘。万物都是你的前身，是帮助成就你的顺缘或违缘。在一闪即逝的美善那里寻找真知的踪迹。

28

对细节的抓取及层次感的拿捏，需要果敢巧智，也需要不厌其烦的训练。突发而至的神来之笔，便是对你耐心的报偿。

29

当你身心放松，新奇的感受扑面而来。在深呼吸里，你看清了它们精密的肌理。越是深刻的感受在表达上就越是含混不清（梅特林克语）。说出那些隐匿在觉知里的陌生和本质——准确明晰地说，胸有成竹地说。

30

非说不可的时候，强行按捺不是好的选择，沉默也不是，而是要以少说多。那些有分量有质感的东西在哪个时刻经过你的潜意识，仿佛经过熔炼。

31

一生里，我们都在做各种练习。练习造句，练习摆渡，练习爱和离别。白天练习生，夜晚练习死。这漫长的经验之流即是诗歌之源。幸运的是，我们在这个过程中增长了智慧，也收获了快乐。在这个过程中，帮助了我们的是笨拙和实诚。至诚，远胜机巧。